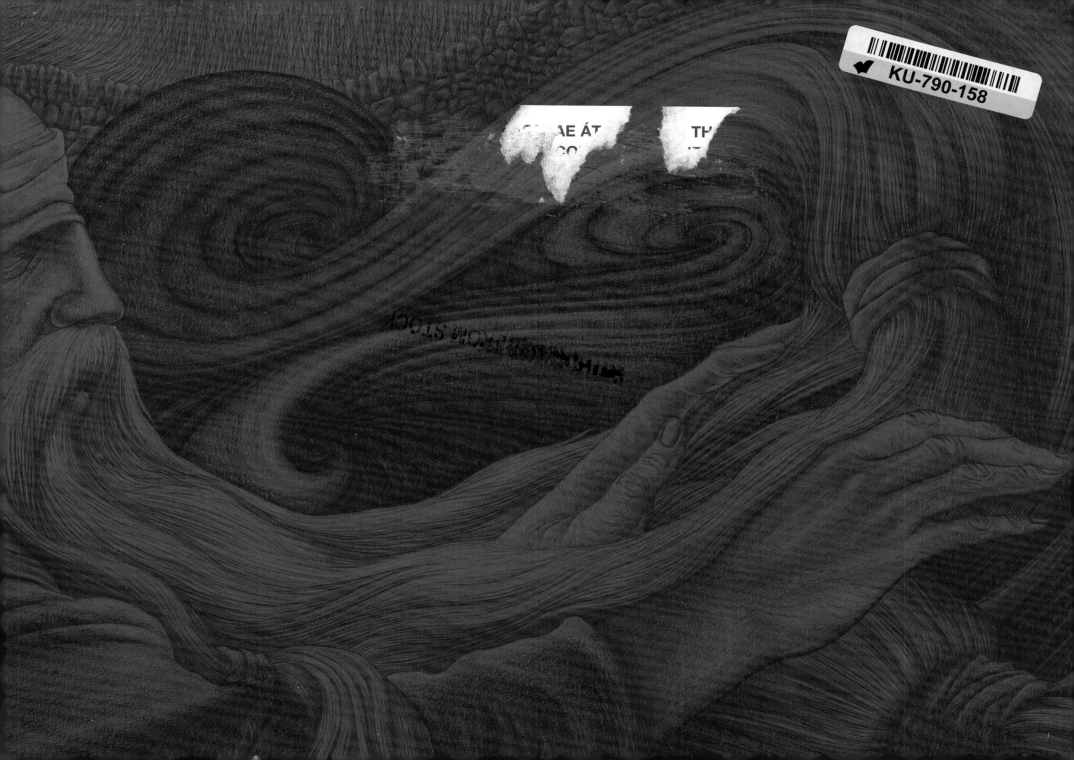

Is le

an leabhar seo

An Chéad Chló

© An tSnáthaid Mhór 2007

An Dara Cló 2008

Dearadh: Seán Mistéil, mitchell~kane~associates

Eagarthóireacht: Seán Mac Aindreasa

Arna chlóbhualadh ag W&G Baird

An tSnáthaid Mhór

20 Gairdíní Ashley, Bóthar Lansdúin, Bóthar Aontroma, Béal Feirste BT15 4DN

www.antsnathaidmhor.com

Tá An tSnáthaid Mhór buíoch d'Fhoras na Gaeilge agus de Bhord na Leabhar Gaeilge as tacaíocht airgeadais a chur ar fáil.

For my mum, sister Liz and Colmn, love always AW.

Míle buíochas Seán, Máire, Tomás, Sarah, Pádraig, Fiontán, Niamh, Máire Óg, Stephen Aoibheann agus Róise CNS.

An tSnáthaid Mhór

Druine seansnáithe fíonn éadach úr

Gaiscíoch na Beilte Uaine

Seanscéal Gaeilge
arna chur in oiriúint ag
Caitríona Nic Sheáin

Andrew Whitson
a rinne na léaráidí
agus an clúdach

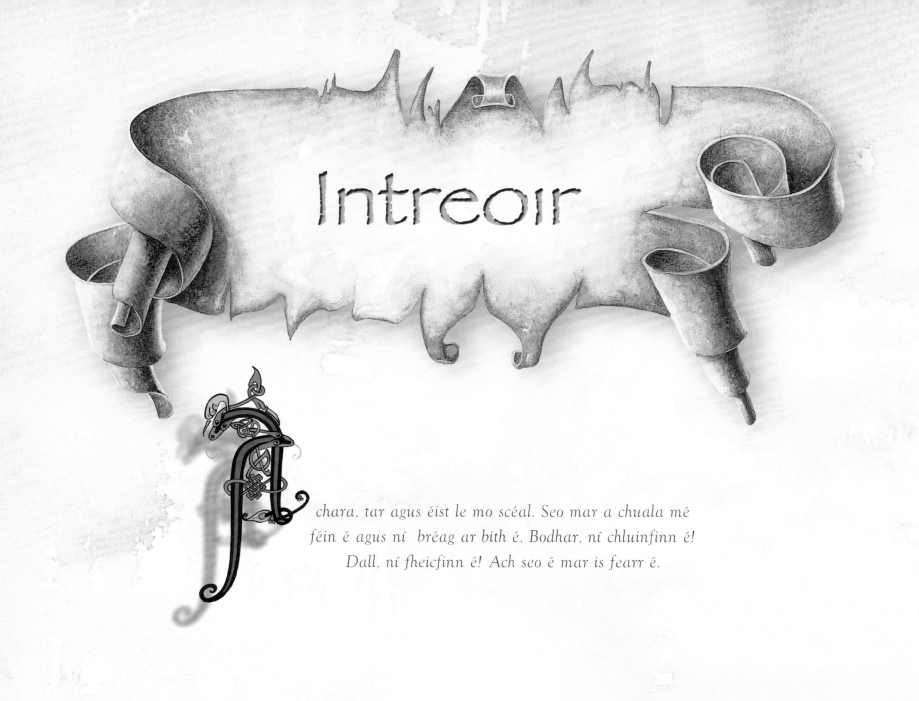

Intreoir

A chara, tar agus éist le mo scéal. Seo mar a chuala mé
féin é agus ní bréag ar bith é. Bodhar, ní chluinfinn é!
Dall, ní fheicfinn é! Ach seo é mar is fearr é.

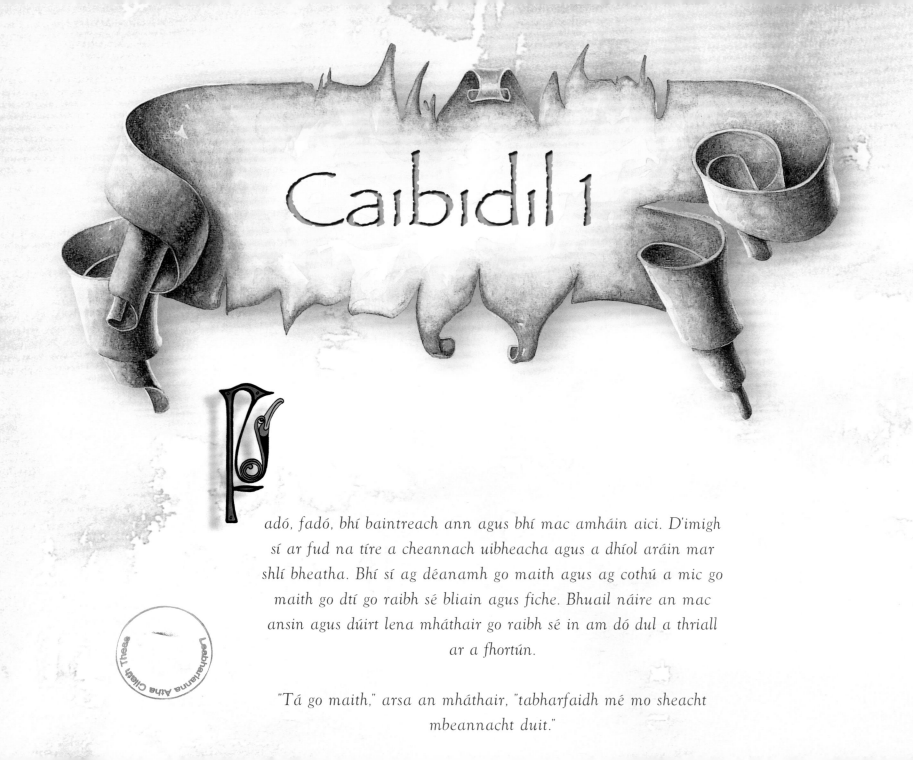

Caibidil 1

Fadó, fadó, bhí baintreach ann agus bhí mac amháin aici. D'imigh sí ar fud na tíre a cheannach uibheacha agus a dhíol aráin mar shlí bheatha. Bhí sí ag déanamh go maith agus ag cothú a mic go maith go dtí go raibh sé bliain agus fiche. Bhuail náire an mac ansin agus dúirt lena mháthair go raibh sé in am dó dul a thriall ar a fhortún.

"Tá go maith," arsa an mháthair, "tabharfaidh mé mo sheacht mbeannacht duit."

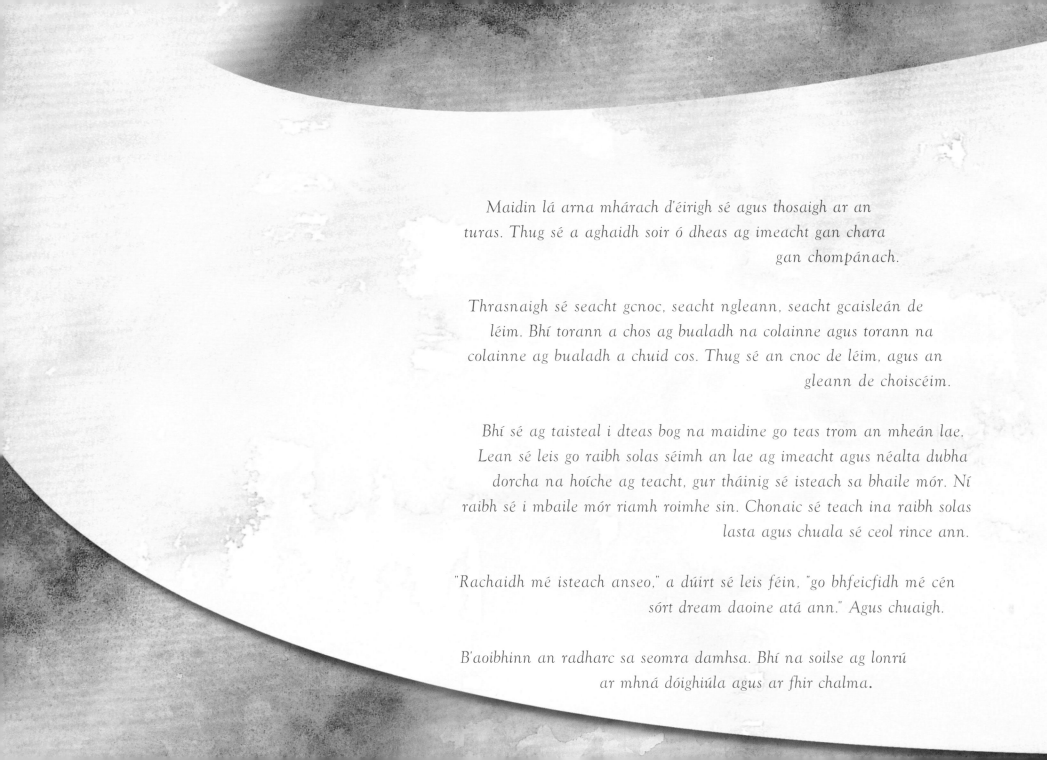

Maidin lá arna mhárach d'éirigh sé agus thosaigh ar an
turas. Thug sé a aghaidh soir ó dheas ag imeacht gan chara
gan chompánach.

Thrasnaigh sé seacht gcnoc, seacht ngleann, seacht gcaisleán de
léim. Bhí torann a chos ag bualadh na colainne agus torann na
colainne ag bualadh a chuid cos. Thug sé an cnoc de léim, agus an
gleann de choiscéim.

Bhí sé ag taisteal i dteas bog na maidine go teas trom an mheán lae.
Lean sé leis go raibh solas séimh an lae ag imeacht agus néalta dubha
dorcha na hoíche ag teacht, gur tháinig sé isteach sa bhaile mór. Ní
raibh sé i mbaile mór riamh roimhe sin. Chonaic sé teach ina raibh solas
lasta agus chuala sé ceol rince ann.

"Rachaidh mé isteach anseo," a dúirt sé leis féin, "go bhfeicfidh mé cén
sórt dream daoine atá ann." Agus chuaigh.

B'aoibhinn an radharc sa seomra damhsa. Bhí na soilse ag lonrú
ar mhná dóighiúla agus ar fhir chalma.

Ní raibh sé i bhfad
istigh nuair a tháinig fear
fhad leis.

"An bhfuair tú cuireadh teacht
isteach?" a dúirt an fear leis. "Duine ar
bith a thagann isteach gan chuireadh
caithfidh sé troid sula dtéann sé amach."

"Ní bhfuair mé," a dúirt sé. "Más sin mar atá, ní
chuirfidh mise suas don troid."

Bhí gaiscíoch óg acu le haghaidh troda. Chuadar i
gceann a chéile. Bhí iontas an domhain ar gach aon
duine nuair a chonaic siad an fear strainséartha seo ag troid
go cumasach. Níor mhair an gaiscíoch óg leathuair an chloig
gur ghéill sé. Bhí beilt uaine ar an ghaiscíoch a chaill, agus
bhaineadar de í, agus chuireadar ar mhac na baintrí í.

"Caithfidh tú fanacht linne go ceann bliana. Gheobhaidh tú
pá maith," a dúirt na daoine uaisle. "Is é an t-ainm a thabharfaimid
anois ort ná Gaiscíoch na Beilte Uaine."

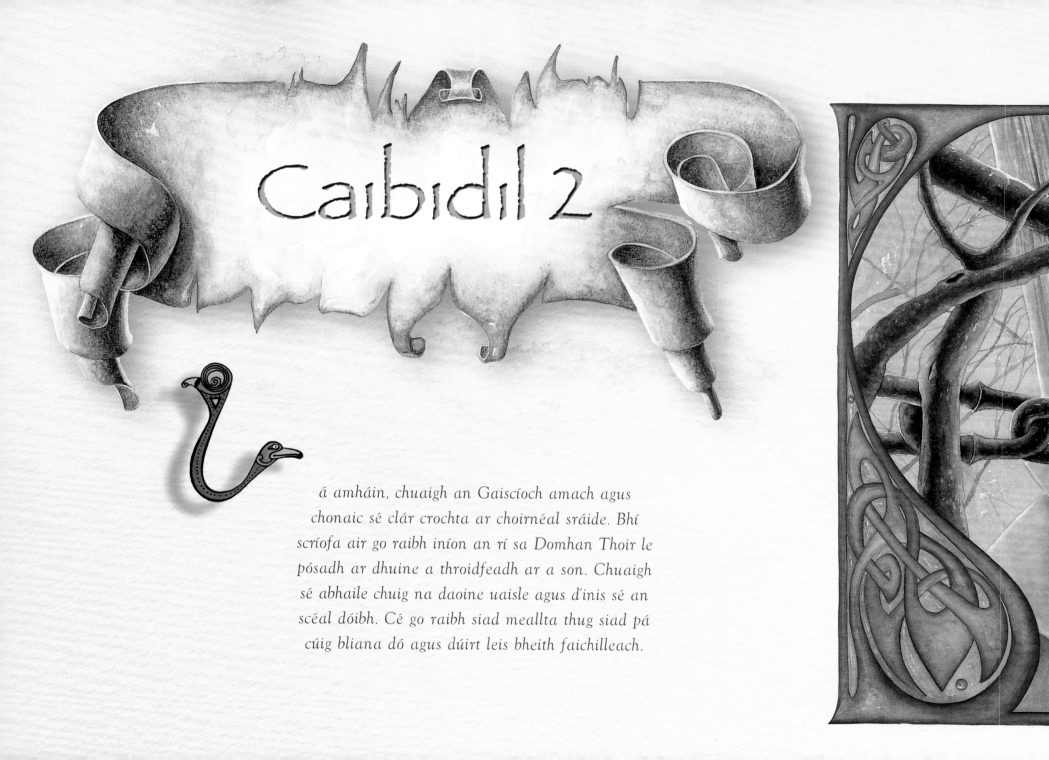

Caibidil 2

á amháin, chuaigh an Gaiscíoch amach agus chonaic sé clár crochta ar choirnéal sráide. Bhí scríofa air go raibh iníon an rí sa Domhan Thoir le pósadh ar dhuine a throidfeadh ar a son. Chuaigh sé abhaile chuig na daoine uaisle agus d'inis sé an scéal dóibh. Cé go raibh siad meallta thug siad pá cúig bliana dó agus dúirt leis bheith faichilleach.

Lá arna mhárach, thug sé a aghaidh soir ó dheas agus d'imigh sé leis. Thrasnaigh sé seacht gcnoc, seacht ngleann, seacht gcaisleán de léim. Bhí torann a choise ag bualadh a choirp agus torann a choirp ag bualadh a chuid cos. Thug sé an cnoc de léim, agus an gleann de choiscéim gur bhain sé an Domhan Thoir amach.

Tháinig sé go cúirt an rí sa Domhan Thoir. Faoin am sin, ní raibh teach cúirte ann nach mbeadh cuaille comhraic os coinne an dorais. Bhuail Gaiscíoch na Beilte Uaine buille dá chlaíomh air, agus chrith an chúirt. Chuir an rí teachtaire amach chuige, féacháil cad é a bhí uaidh.

Labhair an Gaiscíoch. "Chuala mé go raibh iníon an rí le pósadh ar dhuine ar bith a throidfeadh ar a son". D'fhill an teachtaire ar an rí leis an scéal ar a bhéal.

"Tá sin amhlaidh," a dúirt an rí. "Lig isteach é agus fáilte." Bhí iníon an rí, an banphrionsa, thuas an staighre ag amharc anuas ar an strainséir ag teacht isteach. Ba leigheas ar shúile tinne é. B'fhear suimiúil galánta é, dar léi.

Shuigh sé chun boird. Fuair sé a dhóthain le hithe agus le hól. Faoi dheireadh, d'inis an rí dó cad é an troid a bhí le déanamh aige.

"Tá cloigne an triúr fathach atá sa Domhan Thiar de dhíth orm. Caithfidh tú iad sin a thabhairt chugam sula bhfaighidh tú m'iníon le pósadh."

"Cad é an dóigh a rachaidh mé ann?" a dúirt an Gaiscíoch. Thaispeáin an rí srian dó agus dúirt, "Tá capall is fiche ansin amuigh sa stábla. Seo srian duit. Croith an srian. Pé ceann acu a chuirfidh a cheann sa srian, tabhair leat é."

"Tá go maith," a dúirt Gaiscíoch na Beilte Uaine go hamhrasach. Chuaigh an rí a luí ansin. Tháinig an banphrionsa anuas chuig an Ghaiscíoch. Bhíodar ag caint agus ag scéalaíocht i bhfad isteach san oíche. "Bhuel anois," arsa an banphrionsa. "Is fearr duit mo chomhairlese a dhéanamh. Tabharfaidh mé cuidiú an dá lámh duit. Tá mo Dhaidí ag cleasaíocht leat. Ná bac leis an srian sin a thug sé duit. Seo an srian s'agamsa duit agus pé capall a chuirfidh a cheann ansin bain an lá as. Éist go géar! Cibé rud a tharlaíonn ná hiarr aon chuidiú ar dhuine ar bith chun na fathaigh a mharú."

"Ní iarrfaidh," a dúirt sé.

Lá arna mhárach, d'éirigh sé agus
d'ith sé a bhricfeasta. Rug sé ar an
srian a thug an banphrionsa dó.
Chuaigh sé amach chuig an stábla. Bhí trí
chapall ghioblacha i measc na gcapall, agus
ceann acu sin a chuir a cheann sa srian. Shíl
sé ansin go raibh sé buailte ach bhuail sé an
diallait suas air. Thug sé a aghaidh ar gheata na
cúirte agus, iontas na n-iontas, scuab sé an geata
d'aon léim amháin.

"A muise, cinnte, déanfaidh tú gnó," arsa an
Gaiscíoch.

Thug sé aghaidh an chapaill siar ó dheas. Rug an
capall ar an ghaoth a bhí roimhe agus de luas
lasrach bhain siad Tír an Fhathaigh sa Domhan
Thiar amach. Thuirling sé den chapall.
Cheangail sé an capall de chrann. Baineadh
geit as nuair a labhair créatúr a bhí thuas sa
chrann leis.

"Sé do bheatha, a Ghaiscigh!" a dúirt sé. "Go maire tú slán!" a dúirt an Bheilt Uaine go cúramach. "Scaoil mise!" a dúirt an créatúr, "agus tabharfaidh mé cuidiú an dá lámh duit chun an fathach a mharú."

"Mura maraím é gan do chuidiúsa ní mharóinn in aon chor é. Cé tú féin?" arsa an Gaiscíoch. "Crochaire an Chéad Slamaire a thugann siad orm," arsa an fear sa chrann.

"Agus cad é a chuir ansin thú?" "Chuir na fathaigh anseo mé nuair nach dtiocfadh leo mé a mharú."

"Fan ansin," a dúirt an Gaiscíoch, agus ar chomhairle an bhanphrionsa, d'fhág sé an fear coimhthíoch sa chrann.

Caibidil 3

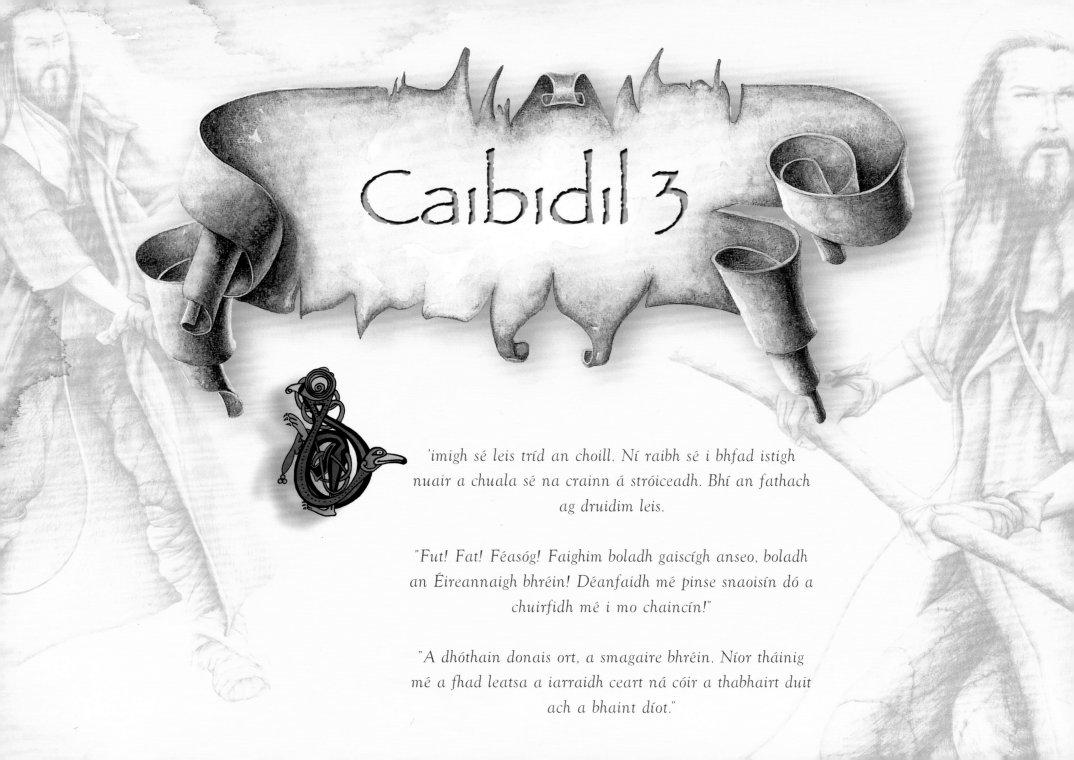

'imigh sé leis tríd an choill. Ní raibh sé i bhfad istigh nuair a chuala sé na crainn á stróiceadh. Bhí an fathach ag druidim leis.

"Fut! Fat! Féasóg! Faighim boladh gaiscígh anseo, boladh an Éireannaigh bhréin! Déanfaidh mé pinse snaoisín dó a chuirfidh mé i mo chaincín!"

"A dhóthain donais ort, a smagaire bhréin. Níor tháinig mé a fhad leatsa a iarraidh ceart ná cóir a thabhairt duit ach a bhaint díot."

"A muise, tá glór
gaiscígh agat," a dúirt an
fathach. "Cé acu is fearr leat,
dul do sceana dearga i mbun agus
i mbarr easnacha a chéile, nó
iomrascáil chaol, chrua?"

"B'fhearr liom an iomrascáil chaol,
chrua."

Leis sin, ruaigeadar isteach ar a chéile, lámh
in íochtar, lámh in uachtar, lámh á bhfuascailt
ón ghaiste. Bhíodar ansin mar a bheadh dhá
leon cuthaigh, nó dhá sheabhac ar aill. Rinne
siad ball bog den bhall crua agus ball crua den
bhall bog. Bhí siad mar sin lena chéile go
hardtráthnóna. Bhí fuinneamh an Ghaiscígh ag trá,
bhí sé i ndainséar. I dtobainne, bhog sé go fann.

Tháinig spideoigín agus sheas sí ar ghualainn Ghaiscíoch na
Beilte Uaine. Sióg i mbréagriocht a bhí sa spideog a bhí ina
cosantóir ar an Ghaiscíoch.

"Mo náire thú!" a mheall sí. "Má ghéilleann tú don fhathach sin ní
bheidh fear do chaointe ná do shínte anseo ach mise!"

Go tobann, d'éirigh an braon uasal in ucht an
Ghaiscigh. Thug sé fáscadh don fhathach a chuir go
dtí a ghlúine é; an dara fáscadh go dtí a bhásta,
agus an triú fáscadh buille go dtí a mhuineál.

"Fan! Fan!" a dúirt an fathach. "Agus spáráil mo
shaol dom agus tabharfaidh mé an capall caol
donn agus an claíomh solais duit atá sa chaisleán
thall."

D'imigh an gaiscíoch siar go dtí an caisleán agus
thóg sé leis an claíomh solais.

"Cá háit a dtástálfaidh mé é seo?"

"Tástáil ar an chrann mór sin ansin é," a dúirt an fathach.

"Ní fheicim aon chrann ann níos gránna ná do chloigeann féin,"
a dúirt an Gaiscíoch. Bhuail sé buille air i gcúl a mhuiníl agus scuab
sé a chloigeann de. Bhain sé slat agus rinne sé gad de. Chuir sé trí
cheann an fhathaigh é agus chuir sé ar thosach na diallaite é.

D'imigh leis go dtí cúirt an rí. Bhuail sé tuairt faoi dhoras na cúirte.

"Sin trian d'iníne agam!" "Is ea, cinnte," a dúirt an rí, "is tú an gaiscíoch
is fearr dár tháinig anseo le céad bliain. Amárach beidh éacht eile
uaim."

Chuaigh sé isteach, is fuair sé a dhóthain le hithe agus le hól. Nuair a
chuaigh an seanrí a luí tháinig an banphrionsa anuas chuige, agus d'fhan
sí ina chuideachta i rith na hoíche ag caint is ag comhrá go ndúirt sé go
raibh sé in am aige dul a chodladh. An focal scoir a bhí i gcónaí aici:

"Seachain an fear sa chrann. Ná lig dó cuidiú leat!"

Maidin an lá dár gcionn, thug sé srian an bhanphrionsa leis go dtí doras an stábla. Ní hé an capall a bhí inné aige a tháinig chuige ach capall ba mheasa! Ach chaith sé an diallait suas ar a dhroim agus chuaigh sé a mharcaíocht air. Thug sé a aghaidh ar gheata na cúirte agus d'éirigh sé seacht dtroithe os cionn an gheata. Thug sé aghaidh an chapaill siar ó dheas agus rug sé sin ar ghaoth an Mhárta a bhí roimhe gur bhain siad Tír an Fhathaigh amach arís. Cheangail an Gaiscíoch an capall den chrann.

"Scaoil mé! Scaoil saor mé!" a scairt an fear a bhí in airde sa chrann. "Tabharfaidh mé cuidiú duit."

"Tá mo dhóthain le déanamh agam gan a bheith cráite ag do chaoineadhsa," a dúirt an Gaiscíoch go doicheallach. Agus arís, ar chomhairle an bhanphrionsa, d'fhág sé an Crochaire ag screadadh sa chrann.

D'imigh sé leis tríd an choill ag faire. Ní raibh sé i bhfad sa choill nuair a chuala sé an crann críonna á bhriseadh agus an crann óg á shíneadh. Tháinig fathach míofar a raibh dhá cheann air.

"Donas a dhóthain ort," a dúirt sé. "Is tusa a mharaigh mo dheartháir inné. Ní raibh sé ach céad bliain d'aois." "Donas a dhóthain ort féin," a dúirt Gaiscíoch na Beilte Uaine. "Déanfaidh mé amhlaidh leatsa." Chuaigh siad i gceann a chéile.

Throid
siad go dian dícheallach go
dtí nár fágadh fuinneamh
troda ar bith ag an Ghaiscíoch,
agus le clapsholas bhí greim docht
ag an fhathach air. Lom láithreach,
thángig an spideoigín agus d'iarr sí
streachailt amháin eile ar an
Ghaiscíoch. Leis sin, thug sé fáscadh don
fhathach agus chuir sé go dtí a ghlúine é,
an dara dorn go dtí a bhásta, agus an tríú
buille go dtí a mhuineál.

"Fan! Fan!" a dúirt an fathach, "Agus spáráil
m'anam dom agus tabharfaidh mé mo stail
ghlas atá sa chaisleán thall duit agus mo
chlaíomh agus mo chulaith ghaisce."

D'imigh an Gaiscíoch siar go dtí
an caisleán agus thug sé leis an
claíomh. I bhfaiteadh na súl, bhuail
sé rop air i gcúl na gceann agus
scuab sé an dá chloigeann de. Chuir
sé ar thosach na diallaite iad, agus
d'imigh leis go dtí cúirt an rí.

Bhuail sé tuairt díobh faoi dhoras
na cúirte.

"Sin dhá thrian d'iníne
agam."

"Sea," a dúirt an rí, "is tú an
gaiscíoch is fearr dár tháinig anseo le
céad bliain ach tá éacht eile uaim
amárach." Chuaigh sé isteach agus fuair sé
a sháith le hithe is le hól. Nuair a chuaigh
an seanrí a luí tháinig an banphrionsa
anuas chuige. Bhí siad ag caint is ag
comhrá gur thit néal codlata air. Chuala
sé glór an bhanphrionsa ag cogarnaíl.

"Seachain an fear sa chrann. Ná
lig dó cuidiú leat."

Caibidil 4

An lá dár gcionn, ar bhéal maidine, thug an Gaiscíoch leis an srian agus chroith sé i ndoras an stábla é. Tháinig chuige capall gioblach agus chuir sé an diallait air. D'imigh sé ar chosa in airde. Lig Beilt Uaine a cheann leis. I ndiaidh tamaill, tháinig sé a fhad le crann an Chrochaire. Cheangail sé an capall de. Chuala sé an Crochaire ag screadadh ach rinne sé mar a dúradh leis. Níor labhair sé leis, fiú.

Thaistil sé leis tríd an choill. Ní raibh sé i bhfad ansin go raibh na crainn á réabadh ag an fhathach mór míofar a bhí ag teacht. Bhí trí chloigeann air, cloigeann do gach céad bliain a bhí sé beo, trí chéad bliain.

"Fut! Fat! Féasóg! Is dócha gur tusa a mharaigh mo bheirt deartháireacha."

Leis sin, ruaigeadar isteach ar a chéile. Bhí siad mar sin lena chéile go hardtráthnóna gur tháinig an spideoigín arís agus thug sí misneach don Ghaiscíoch deireadh a chur leis an troid.

Bhí an fathach gan aithne gan urlabhra faoi dheireadh thiar thall. Ghéill sé don Ghaiscíoch. Chuaigh an gaiscíoch siar is thug sé an claíomh leis. Ar an toirt, bhuail Beilt Uaine iarracht ar an fhathach agus scuab sé na trí cinn de. Láithreach bonn, thug sé cinn an fhathaigh leis agus bhí sé ar bís nuair a chaith sé na cinn ag cosa an rí - aon, dó, trí.

"Sin trí thrian d' iníne agam," ar sé. "Tá an méid sin déanta agat," arsa an rí, "ach, ar an drochuair, tá ceann na caillí, máthair na bhfathach, le tabhairt leat go fóill."

Bhain an scéal seo siar as an Ghaiscíoch.

Tháinig an banphrionsa anuas chuige agus dúirt leis:

"Tá máthair na bhfathach sin sa cheantar le seacht mbliana a chur ingne uirthi féin. Leis an chloigeann sin a thabhairt leat amárach beidh plean maith éigin de dhíth ort. Ach, ar a bhfaca tú riamh, le do thoil, ná scaoil an fear atá ar an chrann!"

"Ní scaoilfidh," a dúirt sé.

D'imigh sé amach
go dtí an stábla, thug sé leis
an srian agus chroith sé é. Ba é an capaill
a bhí an tríú lá aige a tháinig. Bhí sé lánsásta ansin.
Ba ghearr an mhoill air go raibh sé thiar. Cheangail
sé an capall den chrann mór.

"A muise, scaoil mé," a duirt an Crochaire a bhí in
airde, "agus ní mór duit mo chuidiú inniu mar
maróidh an chailleach sin tú."

"Mura ndéanaim an gnó gan tusa," a dúirt sé, "ní
dhéanfaidh mé in aon chor é!"

D'imigh leis isteach tríd an choill, agus níor
chuala sé trup ná tada ag teacht, ach
chonaic sé cosán agus lean sé é gur
tháinig sé i radharc na cúirte.

Bhuail sé suas go dtí doras na cúirte agus d'fhéach sé isteach. Bhí an tseanchailleach suite ar chathaoir cois na tine. Chuala sí ag teacht é, léim sí agus thug sí iarracht ar na hingne a chur ann, ach bhí an gaiscíoch ar shiúl de léim. Rith sé thart timpeall na cúirte. Lean an tseanchailleach é. Tháinig sé ar ais isteach sa chúirt. Bhí cailín óg ina seasamh istigh.

Bhí beart mór tuí ar chúl an dorais.

"Gabh isteach faoin bheart tuí sin!" a dúirt an cailín óg. Chuaigh agus tháinig an chailleach isteach ina dhiaidh.

"Ar tháinig aon duine isteach anseo?" a dúirt sí.

"Tháinig," a dúirt an cailín, "agus rith sé suas tríd an simléar sin."

Rith an chailleach go dtí an simléar
agus chuir sí suas an dá lámh agus
chuaigh na hingne i bhfostú i mbarr an
tsimléir.

"Anois tabhair anuas an beart tuí sin," a
dúirt an cailín leis an Ghaiscíoch.

Thug agus chaith sí síos sa tine é. Las an
beart tuí gur dhóigh sé is gur mharaigh sé
an chailleach. Scaoil siad na hingne agus
bhain siad anuas an chailleach. Bhain an
Gaiscíoch an ceann di.

"Bhuel anois," a dúirt an cailín cróga, "tá
siad ar fad marbh agat!" "Míle buíochas,"
a dúirt an Gaiscíoch. "Tabharfaidh mé
liom thú, mar is tú a shábháil
m'anam dom."

Léim an bheirt ar a chapall. Nuair a bhíodar ag dul thart le Crochaire an Chéad Slamaire scairt sé leis. "Á muise, a Ghaiscigh," a dúirt sé, "is náir liom nár scaoil tú saor mé. Tusa a bhfuil clú ort ar fud na tíre mar gheall ar do chrógacht agus do chineáltas. Mo náire thú nár scaoil tú saor an Crochaire."

D'impigh an cailín ar an Ghaiscíoch gan é a scaoileadh ach tháinig an Gaiscíoch anuas den chapall. Thosaigh sé ar an Chrochaire a scaoileadh ach nuair a scaoil sé é, bhí sé féin i bhfostú sa chrann agus an Crochaire anois saor. Tháinig an Crochaire os a choinne amach, agus chuir sé é féin i gcosúlacht Ghaiscíoch na Beilte Uaine, agus ní aithneodh duine ar bith nach é a bhí ann - an Crochaire Ceilte i mbréagriocht.

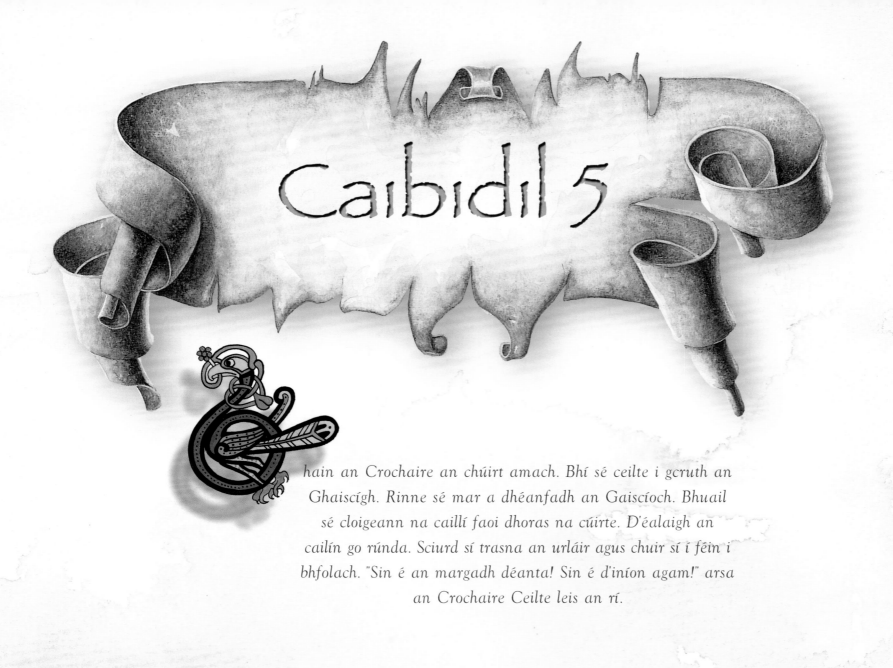

Caibidil 5

hain an Crochaire an chúirt amach. Bhí sé ceilte i gcruth an Ghaiscígh. Rinne sé mar a dhéanfadh an Gaiscíoch. Bhuail sé cloigeann na caillí faoi dhoras na cúirte. D'éalaigh an cailín go rúnda. Sciurd sí trasna an urláir agus chuir sí í féin i bhfolach. "Sin é an margadh déanta! Sin é d'iníon agam!" arsa an Crochaire Ceilte leis an rí.

Chuir an rí cuireadh ar an mhéid daoine uaisle a bhí san áit, a fhógairt go raibh an Gaiscíoch, mar dhea, agus an banphrionsa le pósadh i gceann dhá lá. "Ní hé seo mo Ghaiscíoch, ach coimhthíoch!" arsa an banphrionsa de bheoghuth. Chuala an Crochaire Ceilte ráiteas an bhanphrionsa. Rinne sé préachán de féin go sciobtha, agus thug sé leis abhaile í go dtí a chúirt féin.

Bhain imeacht an bhanphrionsa sonc chomh
mór sin as an rí gur rith sé ar fud fad na cúirte
ag caoineadh agus ag béicíl. Tháinig sé ar an
chailín calma i bhfolach sa chistin. D'fhiafraigh sé
di cérbh í, agus d'inis sí an scéal dó faoin
Chrochaire a bhí ina rógaire, ag cleasaíocht leis an
Ghaiscíoch. "Scaoileadh saor an Crochaire ach tá
an Gaiscíoch gafa!" arsa an rí. "An bhfuil aon rud
faoin spéir is féidir a dhéanamh?"

"Tá," a dúirt sí, "fuil rí a dhoirteadh." "Á, más mar sin
é," arsa an rí, "gheobhaidh sé an méid fola atá i mo
chroíse!"

Amach chuig an stábla leo gur chuir diallait ar an
chapall dílis a bhí ag an Ghaiscíoch, ón turas
deiridh mífhortúnach sin. Scuab siad leo, beirt
ar dhroim an chapaill agus threoraigh an
capall go príosúnchrann an Ghaiscígh iad.

Bhí Beilt Uaine i ndeireadh na péice. Thug an cailín cleite léi agus ghearr an rí a mhéar. Shil an fhuil gur deargadh an cleite. Thug an cailín sonc don Ghaiscíoch leis an cleite dearg. Scaoileadh saor é. Bhí an Gaiscíoch ar deargbhuile.

"Ní íosfaidh mise an dara béile ar aon bhord, ná ní chodlóidh mé an dara hoíche ar aon leaba go bhfaighidh mé an rógaire sin."

Ghluais an Gaiscíoch leis tríd an choill gur tháinig an oíche air. Bhailigh sé beart brosna agus rinne sé tine. Bhí ocras air agus mharaigh sé éan. Chuir sé bior tríd agus bhí sé á róstadh nuair a tháinig seabhac a fhad leis. Bheannaigh an seabhac dó. "Go maire tú slán! Suigh síos agus ith do dhóthain." Shuigh an seabhac síos. D'ith siad a leordhóthain den éan agus dúirt an Gaiscíoch leis an méid a bhí fágtha a thabhairt leis.

"Go raibh maith agat," arsa an seabhac. "Nach tú atá fial. Má tá mo chuidiúsa de dhíth ort glaoigh ar Sheabhac na hAille Uaine agus beidh mé leat láithreach." D'imigh an seabhac leis ansin.
Chodail an Gaiscíoch i gcrann go maidin.

Le héirí na gréine thaistil sé leis
tríd an choill gur tháinig an oíche air. Chruinnigh
sé beart brosna agus las tine.

Mharaigh sé dhá éan. Chuir sé bior tríothu agus bhí sé á róstadh
nuair a tháinig madadh uisce a fhad leis. Bheannaigh an madadh
uisce dó. "Go maire tú slán. Suigh síos agus ith do sháith," arsa an
Gaiscíoch. D'ith siad an dá éan agus thug an madadh uisce leis an
méid a bhí fágtha.

"Má bhíonn mo chuidiúsa uait scairt ar Mhadadh Uisce an Phoill
Ghoirm agus beidh mé le do thaobh!" arsa an madadh uisce. D'fhág sé
slán agus thit codladh na hoíche ar an Ghaiscíoch.

Thaistil an Gaiscíoch leis le breacadh an lae. Tháinig sé amach as an
choill ar bhruach na farraige. Ní raibh bealach ar bith le leanúint
ach uisce le trasnú. "Ní thig liom an fharraige a thrasnú!" arsa Beilt
Uaine go tromchroíoch. "Agus fiú dá dtiocfadh, cá bhfuil mo
bhanphrionsa?"

Chuimhnigh sé ar an mhadadh uisce agus an cuidiú a gheall sé dó. Ghlaoigh sé air agus ní raibh an focal as a bhéal nuair a bhí an madadh uisce lena thaobh. "Cad e a dhéanfas mé?" arsa an Gaiscíoch leis an mhadadh uisce. "Tá a fhios agamsa," arsa an madadh uisce. "Amharc an t-oileán sin amuigh agus an caisleán air. Tá do bhean istigh sa chaisleán sin. Léim ar mo dhroim agus tabharfaidh mise amach thú." B'fhíor dó. Thug sé amach é agus níor fliuchadh a chuid cos, fiú.

"Éist go géar!" a chomhairligh an madadh uisce dó. "Ní féidir an Crochaire a mharú gan eolas cá háit a bhfuil a anam. Tá sé mall. Ná gabh isteach ansin anocht. Feicfidh tú an Crochaire ag teacht ar ais ina phréachán mór agus rachaidh sé isteach sa chúirt tríd an simléar. Imeoidh sé amárach ar an dóigh chéanna. Ná déan dearmad, faigh amach cá bhfuil a anam!"

D'imigh an Crochaire ina phréachán arís ar maidin agus ansin chuaigh an Gaiscíoch isteach sa chaisleán. Chonaic sé an banphrionsa bocht croíbhriste. Nuair a chonaic an banphrionsa é, chuir sí fáilte is fiche roimhe. D'inis an Gaiscíoch di faoin chomhairle a thug an madadh uisce dó.

"Caithfidh tú a fháil amach uaidh cá háit a bhfuil a anam," a dúirt sé léi. D'imigh an Gaiscíoch amach ansin agus roimh i bhfad, chonaic sé an préachán mór ag teacht agus é ag dul síos trí shimléar na cúirte.

Ag teacht isteach don
Chrochaire, bhí an banphrionsa ina
suí ag sileadh na ndeor. Chuir sé
ceist go giorraisc uirthi cad a bhí
cearr. "Tá mé ag caoineadh anseo
ó mhaidin le huaigneas. Dá
mbeadh d'anam agam
dhéanfadh sé an-chuideachta
dom," ar sí.

"An bhfeiceann tá an crann sin thall?" arsa an Crochaire.

"Feicim," a dúirt an banphrionsa.

"Tá lacha istigh sa chrann sin, agus tá ubh i mbolg na lachan agus tá m'anam istigh san ubh. Ní féidir ach le duine amháin an crann a leagan, Gaiscíoch na Beilte Uaine," arsa an Crochaire agus é ag scigmhagadh. "Ach tá an Gaiscíoch ceangailte den chrann sa Domhan Thiar. Mar sin, ní féidir leis an tua dhraíochta a fháil faoi cholbha mo leapa. An tua sin a leagfas an crann. Má tharlaíonn sin, ligfidh an crann béic as a chluinfeas mise. Léimfidh an lacha amach as an chrann. Ní féidir ach le hainmhí amháin an lacha sin a cheapadh, Seabhac na hAille Uaine. Má tharlaíonn sin, scaoilfidh an lacha an ubh uaithi síos go tóin an locha sin thíos. Ní féidir ach le hainmhí amháin an ubh sin a aimsiú, Madadh Uisce an Phoill Ghoirm. Sin déanta, caithfear mise a bhualadh faoi mo sciathán clé. Sin rud nach dtarlóidh choíche. Sin as an cheist, is cinnte!" ar sé i nguth grágach garbh agus sciurd sé leis ag gáire.

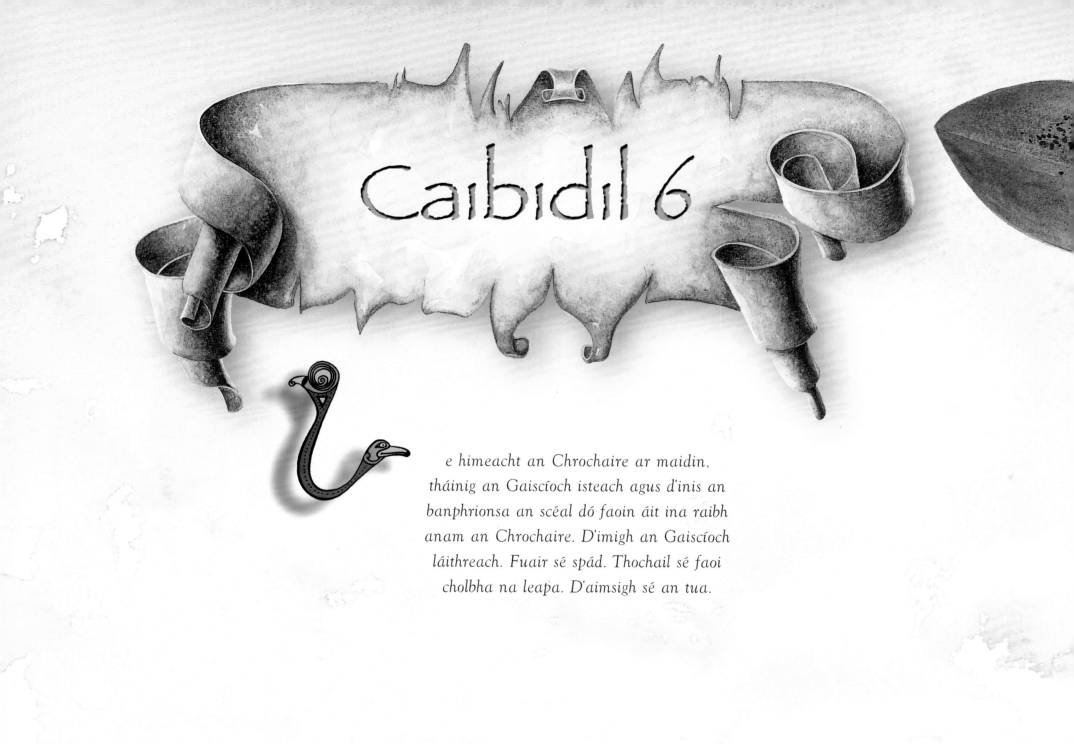

Caibidil 6

e himeacht an Chrochaire ar maidin, tháinig an Gaiscíoch isteach agus d'inis an banphrionsa an scéal dó faoin áit ina raibh anam an Chrochaire. D'imigh an Gaiscíoch láithreach. Fuair sé spád. Thochail sé faoi cholbha na leapa. D'aimsigh sé an tua.

Rug sé ar an tua agus amach
leis. Bhuail sé ar an chrann agus
scoilt sé é.

"Vác! Vác!" a scread an lacha agus ar shiúl léi san aer.

Ghlaoigh an Gaiscíoch ar Sheabhac na hAille Uaine. Tháinig sé i bhfaiteadh na súl agus greim aige ar chúl na lachan. Scaoil an lacha an ubh uaithi síos isteach sa loch. Ghlaoigh an Gaiscíoch ar an Mhadadh Uisce. Tháinig sé agus an ubh ina bhéal aige.

Chuala an Crochaire béic an chrainn agus Vác! Vác! na lachan agus tháinig sé ag cur splancanna go tintrí uaidh. "Anois, buille deireanach leis! Aimsigh faoin sciathán clé é," arsa an banphrionsa.

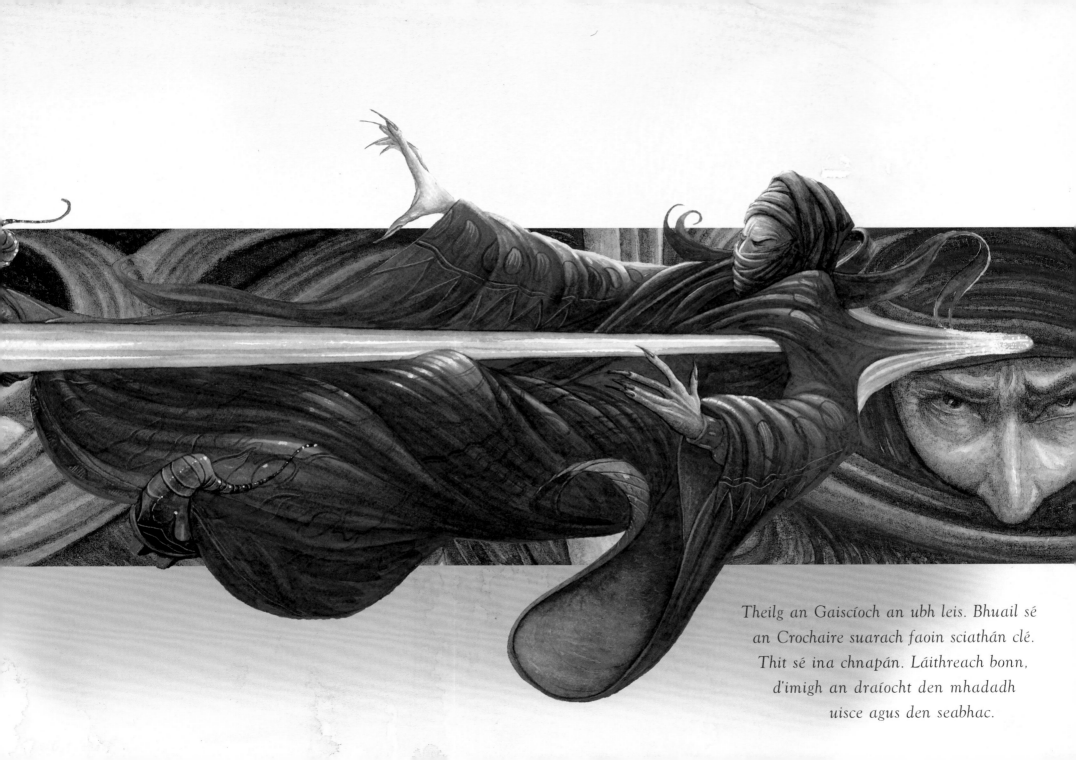

Theilg an Gaiscíoch an ubh leis. Bhuail sé
an Crochaire suarach faoin sciathán clé.
Thit sé ina chnapán. Láithreach bonn,
d'imigh an draíocht den mhadadh
uisce agus den seabhac.

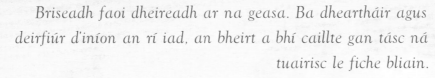

Briseadh faoi dheireadh ar na geasa. Ba dheartháir agus deirfiúr d'iníon an rí iad, an bheirt a bhí caillte gan tásc ná tuairisc le fiche bliain.

Bhuaileadar síos go bruach na farraige agus bhí long ceangailte ansin ag an Chrochaire. Bhí bairnigh agus miongáin ag fás ar an long mar nár tugadh amach le blianta í.

Scaoil an Gaiscíoch a cuid cáblaí agus léim an triúr eile isteach. Bhuail an Gaiscíoch cic uirthi agus leis an chic, chuir sé seacht léig i bhfarraige í. Bhí lupadáin lapadáin, míolta, rónta agus scadáin na farraige ag teacht ar bois agus ar bais agus ar bharr chuaille na loinge a dhéanamh ceoil.

Níor fhág an Gaiscíoch cábla gan síneadh, téad gan tarraingt, tairne gan pholladh, ná farraige gan rámhaíocht, gur tháinig siad isteach go cuan an rí.

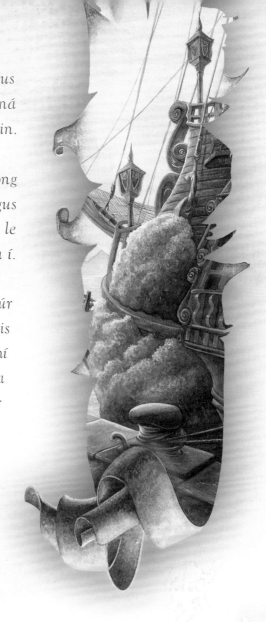

B'shin í an áit a raibh an fháilte rompu ag an rí. Pósadh Gaiscíoch na Beilte Uaine agus an banphrionsa. Chuir an rí cuireadh amach ar an mhéid daoine uaisle a bhí ann agus ar an mhéid bocht agus nocht a bhí ann. Bhí bainis naoi lá agus naoi n-oíche acu. Mhair siad uile go sona sásta as sin amach.

A chara, sin deireadh mo scéil!

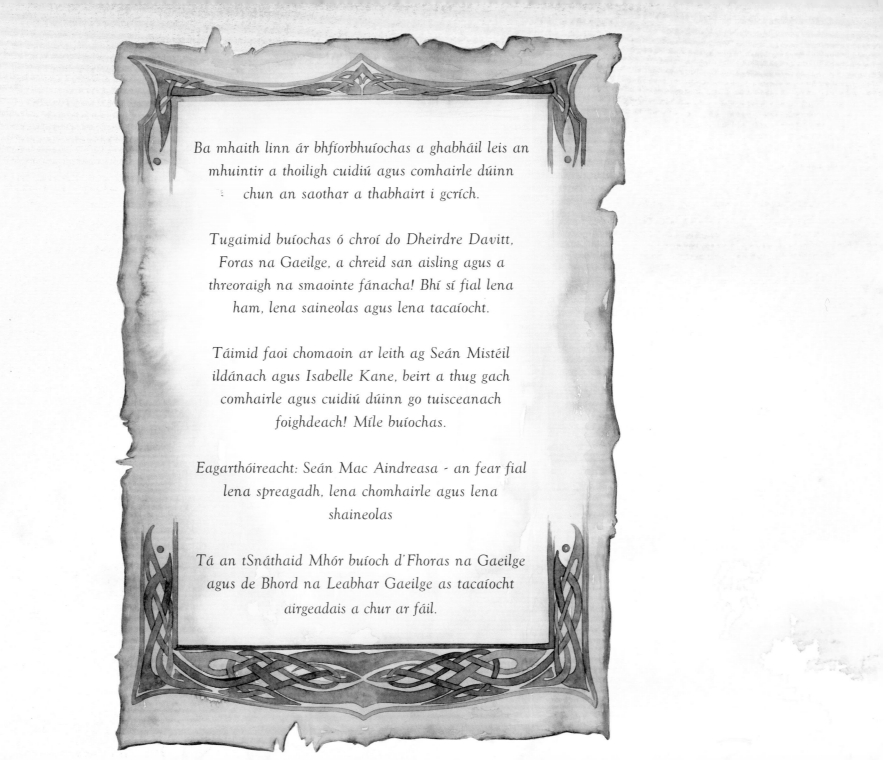

Ba mhaith linn ár bhfíorbhuíochas a ghabháil leis an mhuintir a thoiligh cuidiú agus comhairle dúinn chun an saothar a thabhairt i gcrích.

Tugaimid buíochas ó chroí do Dheirdre Davitt, Foras na Gaeilge, a chreid san aisling agus a threoraigh na smaointe fánacha! Bhí sí fial lena ham, lena saineolas agus lena tacaíocht.

Táimid faoi chomaoin ar leith ag Seán Mistéil ildánach agus Isabelle Kane, beirt a thug gach comhairle agus cuidiú dúinn go tuisceanach foighdeach! Míle buíochas.

Eagarthóireacht: Seán Mac Aindreasa - an fear fial lena spreagadh, lena chomhairle agus lena shaineolas

Tá an tSnáthaid Mhór buíoch d'Fhoras na Gaeilge agus de Bhord na Leabhar Gaeilge as tacaíocht airgeadais a chur ar fáil.

Comhairle: Aodán Mac Póilin (buíochas as an spreagadh),
Jake Mac Siacais, Gearóid de Ghrás. Dónall Ó Baoill,
Críostóir Mac Cárthaigh.

Léamh Profaí: Áine Nic Gearailt, Breandán Ó Mearáin
Breandán Ó Fiaich

Lucht Tacaíochta:
Na Maincíní: Caoimhín Mac Giolla Chatháin,
Farhad Nargol O'Neill, Éamonn Ó Fagáin, Niall Mac Carron,
Mirea Bordonara.
Éadaí: Bernie Whitson
Lucht Bricfeasta! Liz, Siúbhán agus Emma
Tullynewbank Stables,
Siopa Cultacha Shráid an Rí, Gearóid Ó Cairealláin,
Rosaleen agus Martin Waddell (for your kindness in guiding us
in the right direction), Róisín Ní Ghádhra, Orla Nig Ruairí,
Eithne Ní Chonchúir, Cúbharra Mac Cann,
Máire Hastings agus Aindrias Ó Gallchóir,
Karen, Simon, Orlaith, Laoise (don fhíorchaoin fáilte).
Anderson McMeekin, Iris Colour, Radió Fáilte.

Grianghrafadóireacht: Mal Mc Cann

Scannánaíocht: Seán Mac Seáin

An Dlúthdhiosca:
Scéal: Aindrias Ó Gallchóir
Fuaim: Simon Wood (obair gan staonadh)